MW01074793

La Besto Plej Danĝera

The Most Dangerous Game, in the
original English and a new
Esperanto translation

Richard Connell, kun elangligaĵo
per William Parker

Richard Connell, with translation by
William Parker

La Besto Plej Danĝera estas Esperanto elangligaĵo per William Parker en 2020 de publika uzrajto verko per Richard Connell. Tio verko, "The Most Dangerous Game" estis unue eldonita en 1924.

La Besto Plej Danĝera is a translation into Esperanto by William Parker in 2020 of a public domain work by Richard Connell. That work, "The Most Dangerous Game", was first published in 1924

Bindofoto de *Syncerus caffer* dankon al Wikimedia Commons uzanto Jebulon (libera uzrajta foto).

Cover photo of *Syncerus caffer* is thanks to Wikimedia Commons user Jebulon (public domain image)

ISBN de elangligaĵa verko: 979-8-6400-7079 8

Al L. L. kaj Klara Zamenhof, kiu laboris, elpensis, kaj verkis por plibonigi la homan beston.

To L. L. and Klara Zamenhof, who worked, invented and wrote to improve the human animal.

.

ENHAVAĴOJ

CONTENTS

La Besto Plej Danĝera

per Richard Connell

Elangligita per William Parker

"TIE DEKSTREN — ie — estas granda insulo," diris Whitney. "Fakte estas iome mistera —"

"Kio insulo ĝi estas?" Rainsford demandis.

"La antikvaj kartoj nomas ĝin Insulo Ŝipkaptila," Whitney respondis. "Sugesta nomo, ĉu ne? Maristoj havas interesigan timon pri la loko. Mi ne scias kial. Iu superstiĉaĵo — "

"Mi ne povas vidi ĝin," komentis Rainsford, pene rigardi tra la densa tropika nokto kiu estas palpebla dum ĝi premis sian viskozvarman nigrecon je la jakto.

"Vi havas bonajn okulojn," diris Whitney ride, "kaj mi vidintas vin pafi alkon moviĝantan en la aŭtuna arbustaro trans kvarcent jardoj, sed eĉ vi ne povas vidi ion trans kvar mejloj dum senluna Kariba nokto."

"Nek trans kvar jardoj," agnoskis Rainsford. "Ve! Similas al malseka nigra veluro."

"Brilos sufiĉe en Rio," promesis Whitney. "Ni trafis ĝin en kelkaj tagoj. Mi esperas, ke la jaguaraj pafiloj venis de *Purdey's*. Mi atendas bonan ĉasadon por ni en la Amazono. Bonega ludo, ĉasado."

"La plej bona en la mondo," konsentis Rainsford.

"Por la ĉasisto," korektis Whitney. "Ne por la jaguaro."

"Ne parolaĉu, Whitney," diris Rainsford. "Vi estas grandbestĉasisto, ne filozofo. Kiu zorgas, kiel sentas jaguaro?"

"Eble la jaguaro," rimarkis Whitney.

"Ba! Ili ne komprenpovas."

"Eĉ ne, mi opinias ke ili komprenas unu aferon — timon. La timon de doloro kaj timon de morto." "Sensencaĵo," ridis Rainsford. "La varma vetero mildigas vin, Whitney. Realistiĝu. La mondo konsistas el du klasoj — la ĉasantoj kaj la ĉasataj. Bonŝance, vi kaj mi ĉasantas. Ĉu vi opinias, ke ni jam pasis tiun insulon?"

"Mi ne povas konstati ĝin en la mallumo. Mi tiel esperas."

8

"Kial?" demandis Rainsford.

"La loko famas — malbone."

"Kanibaloj?" sugestis Rainsford.

"Apenaŭ. Eĉ kanibaloj ne loĝus en tia Dio-forlasita loko. Sed ĝi alvenis al maristaj rakontoj, iel. Ĉu vi ne rimarkis, ke la ŝipanaro ŝajnis iomete nervoza hodiaŭ?"

"Ili ja strangetis, nun ke mi pensas pri ĝi. Eĉ kapitano Nielsen—"

"Jes, eĉ tiu akramensa maljuna svedo, kiu irus al la Diablo mem kaj peti lin por cigaredfajrilo. Tiuj fiŝaj bluaj okuloj aspektis, kiel mi neniam vidis antaŭe. La solan aĵon, kion mi povas eliri el li estis 'Ĉi-tiu loko malbone renomas inter maristoj, sinjoro.'
Tiam li diris al mi tre grave, "Ĉu vi ne sentas ion?"
— kvazaŭ la aero ĉirkaŭ ni efektive veneniĝis. Nun, vi ne devas ridi kiam mi diros tion — mi fakte sentis ion kiel subita malvarmo.

"Ne brizis. La maro ebenas kiel plat-vitra fenestro. Ni tiam alproksimiĝis al la insulo. Kion ke mi sentis estis — mensa malvarmo; ia subita timo."

"Pura imago," diris Rainsford. "Unu superstiĉa maristo povas timigi la aron de la tuta ŝipo kun sia timo."

"Eble. Sed foje mi pensas, ke maristoj havas kroman sencon, kiu diras al ili, kiam ili vundeblas. Foje mi pensas ke malbono estas palpebla aĵo — kun ondolongoj, same kiel sono kaj lumo havas. Malbona loko povas, tiel diri, elsendi vibrojn de malbono. Ĉiuokaze, mi ĝojas, ke ni eliros el ĉi tiu zono. Nu, mi pensas, ke mi enlitiĝos nun, Rainsford. "

"Mi ne dormemas," diris Rainsford. "Mi fumos alian pipon sur la postferdeko."

"Bonan nokton, do, Rainsford. Mi vidos vin ĉe la matenmanĝo."

"Ĝuste. Bonnokton, Whitney."
Ne sonis la nokto dum Rainsford sidis tie, escepte la dampita muĝo de la motoro, kiu rapide pelis la jakton tra la mallumo, kaj la susorado de la akvo malantaŭ la helico.

Rainsford, sidante en ferdeka seĝo, indulge pufis je sia plej ŝatata pipo. La volupta dormeco de la nokto ekkaptis lin. "Tiom mallumas," li pensis, "ke mi povus dormi sen fermi la okulojn; la nokto estus miaj palpebroj—"

Subita sono skuis lin. Dekstre li aŭdis ĝin, kaj liaj oreloj, spertaj kiam temis pri tiaj aferoj, ne povis malpravi. Denove li aŭdis la sonon, kaj plu denove. Ie, en la nokta nigreco, iu pafis pafilon trifoje.

Rainsford ekiris kaj moviĝis rapide al la balustrado, mistifikita. Li okulumis en la direkto el kiu la pafsonoj venis, sed estis kiel vidi tra litkovrilo. Li saltis sur la balustrado kaj balancis sin tie, por akiri pli grandan alton; lia pipo, frapita per ŝnuron, eliris el lia buŝo. Li eksaltis por ĝi; mallonga, raŭka krio venis el liaj lipoj, kiam li konstatis, ke li iris tro malproksime kaj perdis sian ekvilibron. La krion pinĉatis la sangvarma akvo de la Kariba Maro.

Li strebis al la surfaco kaj provis ekkrii, sed la postakvo de la rapidmovanta jakto frapis lin en la vizaĝo kaj la sala akvo en lia malferma buŝo strangolis lin. Malespere li eknaĝis per fortaj naĝbatoj por sekvi la reduktiĝantaj lumoj de la jakto, sed li haltis antaŭ ol li naĝis kvindek futojn. Trankvileco venis al li; ne estis la unua fojo, ke li estis en malfacila situacio. Eblas, ke liajn kriojn povus aŭdi iu en la jakto, sed tiu ŝanco malgrandomas kaj pli malgrandomiĝas dum la jakto antaŭeniris. Li baraktis el de siaj vestoj kaj kriis per sia tuta potenco. La lumoj de la jakto iĝis malproksimaj kaj ĉiam-malaperantaj lampiroj; tiam ilin tute neniigis la nokto.
Rainsford memoris la pafojn. Ili venis dekstre kaj persiste li naĝis en tiu direkto, naĝante malrapide, delikate, konservante sian forton. Dum ŝajne senfina tempo li batalis kontraŭ la maro. Li komencis kalkuli siajn naĝbatojn; li povus fari eble cent plu kaj tiam —

Rainsford aŭdis sonon. Ĝi eliris el la mallumo, alta kriega sono, la sono de besto en ekstremo de angoro kaj teruro.

Li ne rekonis la beston, kiu sonigis; li ne provis; kun freŝa viveco li naĝis direkte al la sono. Li aŭdis ĝin denove; tiam ĉesigis ĝin alia bruo, krispa, stakato.

"Pistolpafo," murmuris Rainsford, naĝante.

Dek minutoj da penado alportis alian sonon al liaj oreloj — la plej bonvenan, kiun li iam ajn aŭdis — la murmuro kaj grumblado de maro, disiĝanta je roka bordo. Li estis preskaŭ sur la rokoj antaŭ ol li vidis ilin; en nokto malpli trankvila li frakasitus kontraŭ ili. Kun sia restanta forto li trenis sin el la muĝantaj akvoj. Apikaj rokoj aperis al la opakeco; li tiris sin supren, mano super mano. Spirege, kun liaj manoj agacitaj, li atingis ebenaĵon ĉe la supro. Densa ĝangalo malsupreniris al la rando de la klifoj. Kiuj danĝeroj de tiu arbaro kaj arbustaro povus teni por lin ne koncernis Rainsford tiam. Li nur sciis, ke li sendanĝeriĝis de sia malamiko, la maro, kaj ke li tute elĉerpitis. Li ĵetis sin malsupren ĉe la ĝangala rando kaj falis antaŭen en la plej profunda dormo de sia vivo.

Malferminte la okulojn, li sciis per la suno, ke estas malfrue posttagmeze. Dormo donis al li novan viglecon; akra malsato ekkaptis lin. Li ĉirkaŭrigardis lin, preskaŭ gaje.

"Kie estas pistolpafoj, estas viroj. Kie estas viroj, estas manĝaĵo," li pensis. Sed kiaj viroj, li pensis, en tia malpermesante loko? Senbrida muro de tordita kaj ĉifona ĝangalo ĉirkaŭiris la bordon. Li vidis neniun spuron de vojo tra la trikita teksaĵo de herboj kaj arboj; estis pli facile iri laŭ la bordo, kaj Rainsford promenis antaŭe apud la akvo. Ne malproksime de kie li surteriĝis, li haltis.

Iu vundita aĵo — laŭ la evidentaĵoj, granda besto — baraktintis en la subarbustaro; la ĝangalaj herboj dispremitiĝis kaj la musko ŝiriĝis; unu aro da herboj makulitiĝis karmezinan. Malgranda, brilanta objekto ne malproksime okulfrapis Rainsford kaj li ekprenis ĝin. Ĝi estis malplena kartoĉo.

"Dudekdu kalibro," li rimarkis. "Tio strangas. Nepre estis sufiĉe granda besto. La ĉasisto aŭdacis por trakti ĝin per malpeza pafilo. Klaras, ke la bruto batalis. Mi supozas, ke la unuaj tri pafoj, kiujn mi aŭdis, estis kiam la ĉasisto igis foriri sian ĉasaton kaj vundis ĝin. La lasta pafo estis kiam li sekvis ĝin ĉi tien kaj finigis ĝin. "

Li ekzamenis la teron proksime kaj trovis tion, kion li esperis trovi — la premsignoj de ĉasistaj botoj. Ili montris al la klifo en la direkto, kiun Rainsford irintis. Avide li rapidis, nun glitante sur putra ŝtipo aŭ loza ŝtono, sed antaŭenpaŝante; nokto komencis establiĝi sur la insulo.

Malhela mallumo nigrigis la maron kaj la ĝangalon kiam Rainsford ekvidis la lumojn. Li venis je ili, kiam li turnis kurbon en la marbordo; kaj lia unua penso estis ke li venis sur vilaĝon, ĉar estis multaj lumoj. Sed dum li antaŭiris, li vidis mirigite, ke ĉiuj lumoj estas en unu grandega konstruaĵo — alta strukturo kun pintaj turoj enirantaj supren en la tenebro. Liaj okuloj konstatis la ombrajn strekojn de palaca kastelo; ĝi starigitis sur alta plataĵo, kaj je tri flankoj de ĝi klifoj plonĝis malsupren ĝis kie la maro lekis ĝiajn avarajn lipojn en la ombroj.

"Miraĝo", pensis Rainsford. Sed ne estis miraĝo, li trovis, kiam li malfermis la altan pikitan feran pordegon. La ŝtonaj ŝtupoj realas sufiĉe; la amasa pordo kun malmola gargalo por frapilo realas sufiĉe; tamen super ĉiu pendis etoso de nerealeco.

Li levis la frapilon, kaj ĝi grumblis rigide, kvazaŭ ĝi neniam antaŭe uzitiĝis. Li lasis ĝin fali, kaj ĝi ektremigis lin kun ĝia kreskanta bruego. Li pensis, ke li aŭdis paŝojn ene; la pordo restis fermita. Denove Rainsford levis la pezan frapilon kaj lasis ĝin fali. La pordo malfermiĝis tiam — malfermiĝis tiel rapide kvazaŭ farite per risorto — kaj Rainsford staris palpebrumante en la rivero da brila ora lumo, kiu elverŝiĝis. La unuan aĵon, kion la okuloj de Rainsford rimarkis, estis la plej granda homo, kiun Rainsford iam ajn vidis — giganta kreito, solide farita kaj kun nigra barbo ĝis la talio. En la mano la viriĉo tenis longtuban revolveron, kaj li montris ĝin rekte al la koro de Rainsford.

El la arbusto de barbo, du malgrandaj okuloj rigardis Rainsford.

"Ne maltrankviliĝu," diris Rainsford kun rideto, per kiun li esperis senarmigi. "Mi ne estas rabisto. Mi falis el jakto. Mia nomo estas Sanger Rainsford de Novjorko."

La minaca aspekto en la okuloj ne ŝanĝiĝis. La revolvero tenitiĝis tiel rigide, kvazaŭ la gigantiĉo estus statuo. Li donis neniun signon, ke li komprenis la vortojn de Rainsford, aŭ ke li eĉ aŭdis ilin. Li vestiĝis je uniformo — nigra uniformo garnita per griza astrakano.

"Mi estas Sanger Rainsford de Novjorko," Rainsford komencis denove. "Mi falis el jakto. Mi malsatas."

La sola respondo de la viriĉo estis malpretigi per la dikfingro la ĉano de sia revolvero. Rainsford tiam vidis la liberan manon de la viriĉo iri al lia frunto por milite saluti, kaj li vidis lin kunigi siajn kalkanojn kaj atenti. Alia viriĉo malsupreniris laŭ la larĝaj marmoraj ŝtupoj, rektpoza, svelta viro en vesperaj vestoj. Li antaŭeniris al Rainsford kaj etendis sian manon.

Per kultivita voĉo markita de eta akcento, kiu donis al ĝi plua precizeco kaj delikateco, li diris, "Estas tre granda plezuro kaj honoro bonvenigi s-iĉon Sanger Rainsford, la faman ĉasiston, en mia hejmo."

Aŭtomate Rainsford premis la etenditan manon.

"Mi legis vian libron pri ĉasado de leopardoj en Tibeto, vi komprenas," klarigis la viriĉo. "Mi estas generalo Zaroff."

La unua impreso de Rainsford estis ĉi tiu, la viriĉo aparte belas; lia dua estis, ke ekzistas originala, preskaŭ bizara kvalito pri la vizaĝo de la generalo. Li estis alta viriĉo pasinta mezaĝo, lia hararo tre blankas; sed liaj dikaj brovoj kaj pintaj militaj lipharoj tiom nigras kiom la nokto, el kiu venis Rainsford. Liaj okuloj ankaŭ estis nigraj kaj tre helaj. Li havis altajn zigomojn, akran nazon, malhelan vizaĝon — la vizaĝo de viriĉo kiu kutimitas doni ordonojn, la vizaĝo de aristokrato. Turninte sin al la giganto en uniformo, la generalo faris signon. La giganto enmetis sian pistolon, salutis, retiris sin.

"Ivan estas nekredeble forta uliĉo," komentis la generalo, "sed li havas la malfeliĉecon esti surda kaj muta. Simpla uliĉo, sed, mi timas, simila al ĉiu lia raso, iom sovaĝa."

"Ĉu li estas ruso?"

"Li estas kozako," diris la generalo, kaj lia rideto montris ruĝajn lipojn kaj pintajn dentojn. "Ankaŭ mi."

"Venu," li diris, "ni ne parolu ĉi tie. Ni povos paroli poste. Nun vi volas vestojn, manĝaĵojn, ripozon. Vi havos ilin. Ĉi tio estas ege trankvila loko."

Ivan reaperis, kaj la generalo parolis al li per lipoj moviĝantaj sed ne eligis sonon.

"Sekvu Ivanon, bonvole, s-iĉo Rainsford," diris la generalo. "Mi preskaŭ ekvespermanĝas, ĵus antaŭ ol vi venis. Mi atendos vin. Vi trovos, ke miaj vestaĵoj sidas al vi bone, mi pensas."

Rainsford sekvis la silentan gigantiĉon, ĝis grandega trab-plafonita dormoĉambro kun kovrita lito sufiĉe granda por ses homoj. Ivan aranĝis vesperan kompleton, kaj Rainsford, dum li surmetis ĝin, rimarkis, ke ĝi venas de londona tajloro, kiu ordinare trانĉis kaj kudris por neniu sub la rango de duko.

La manĝoĉambro al kiu Ivan kondukis lin estis multmaniere rimarkinda. Ĉirkaŭ ĝi estis mezepoka grandiozeco; ĝi sugestis baronan halon de feŭdaj tempoj kun siaj kverkaj paneloj, ĝia alta plafono, ĝiaj vastaj refectoriaj tabloj, kie dudek homoj povus sidiĝi por manĝi. Ĉirkaŭ la halo muntitiĝis kapoj de multaj bestoj — leonoj, tigroj, elefantoj, alkoj, ursoj; pli grandaj aŭ pli perfektaj specimenoj, ol Rainsford iam ajn vidis. Ĉe la granda tablo la generalo sidis sole.

"Vi havos koktelon, s-iĉo Rainsford," li sugestis. La koktelo estis supermezure bona; kaj, rimarkis

Rainsford, la tablomebloj estis el la plej bonegaj —
la tolo, la kristalo, la arĝento, la fajenco.

Ili manĝantis barĉon, la riĉan, ruĝan supon kun
kirlita kremo, tiu kara al rusaj palatoj. Duone
pardonpete, generalo Zaroff diris, "Ni klopodas
konservi la komfortojn civilizajn ĉi tie. Bonvolu
pardoni iujn eraretojn. Ni distas sufiĉe de la
normala mondo, vi komprenas. Ĉu vi pensas, ke la
ĉampano suferis pro sia longa oceana vojaĝo?"

"Ne eĉ iomete," deklaris Rainsford. Li trovis la
generalon plej pensema kaj afabla gastiganto, vera
kosmopolitulo. Sed estis unu malgranda trajto de la
generalo, kiu malbonstatigis Rainsford. Kiam ajn li
rigardis supren je sia telero, li trovis ke la generalo
studantis lin, taksantis lin.
"Eble," diris generalo Zaroff, "vi miris, ke mi rekonis
vian nomon. Vi komprenos, mi legis ĉiujn librojn pri
ĉasado eldonitaj en la angla, franca kaj rusa. Mi
havas nur unu pasion en mia vivo, s-iĉo Rainsford,
kaj ĝi estas la ĉaso."

"Vi havas iujn mirindajn kapojn ĉi tie," diris
Rainsford dum li manĝis aparte bone-kuiritan
bifstekon. "Tiu kaba-bubalo estas la plej granda,
kiun mi iam ajn vidis."

"Ho, tiu uliĉo. Jes, li estis monstro."

"Ĉu li sturmos vin?"

"Ĵetis min kontraŭ arbo", diris la generalo. "Frakturigis mian kranion. Sed mi mortigis la bruton."

"Mi ĉiam pensis," diris Rainsford, "ke la kaba-bubalo estas la plej danĝera el ĉiuj grandaj bestoj." Dum momento la generalo ne respondis; li ridetis sian kuriozan ruĝan rideton. Poste li diris malrapide, "Ne. Vi eraras, sinjoriĉo. La kaba-bubalo ne estas la besto plej danĝera." Li trinkis sian vinon. "Jen en mia ĉasbestejo sur ĉi tiu insulo," li diris per la sama malrapida tono, "mi ĉasas pli danĝerajn bestojn."

Rainsford esprimis sian surprizon. "Ĉu estas grandaj bestoj sur ĉi tiu insulo?"

La generalo kapjesis. "La plej granda."

"Ĉu vere?"

"Ho, ili ne estas ĉi tie nature, kompreneble. Mi devas stoki la insulon."

"Kion vi importatis, generalo?" Rainsford demandis. "Tigroj?"

La generalo ridetis. "Ne," li diris. "Ĉasantaj tigroj ĉesis interesi min antaŭ kelkaj jaroj. Mi elĉerpis iliajn eblecojn, vi komprenos. Neniom da emocio en tigro-ĉasado, neniom da vera danĝero. Mi vivas por danĝero, s-iĉo Rainsford."

La generalo prenis el sia poŝo oran cigaredan ujeton kaj proponis al sia gasto longan nigran cigaredon kun arĝenta pinto; ĝi aromis simile al incenso.

"Ni havos bonege ĉasadon, vi kaj mi," diris la generalo. "Mi tre ĝojos havi vian kompanion."

"Sed kia besto ..." komencis Rainsford.

"Mi diros al vi," diris la generalo. "Vi amuziĝos, mi scias. Mi pensas, ke mi eble diras, kun modesto, ke mi faris raran aferon. Mi elpensis novan spertaĵon. Ĉu mi povus verŝi al vi alian glason da portovino?"

"Dankon, generalo."

La generalo plenigis ambaŭ glasojn, kaj diris: "Dio faras iujn viriĉojn poetojn. Iujn Li faras reĝojn, aliajn almozulojn. Min Li faris ĉasiston. Mia mano estis farita por la ellasilo, mia patriĉo diris. Li estis tre riĉa viriĉo kun kvarona miliono da akreoj en Krimeo, kaj li estis arda sportisto. Kiam mi havis nur kvin jarojn li donis al mi pistoleto, speciale fabrikita en Moskvo por mi, por pafi paserojn. Kiam mi pafis iujn el liaj karaj meleagroj, li ne punis min; li laŭdis min pri mia paflerteco. Mi mortigis mian unuan urson en Kaŭkazo, kiam mi havis dek jarojn. Mia tuta vivo estis unu daŭra ĉasado. Mi iris en la armeo — oni atendis ĝin de nobelulaj filiĉoj - kaj dum tempo mi komandis divizio da kozaka kavalerio, sed mia vera intereso restis la ĉaso. Mi ĉasis ĉian beston en ĉiu lando. Mi estus neeble diri al vi kiom da bestoj mi mortigis. "

La generalo pufis je sian cigaredon.

"Post la fuŝaĉo en Rusio mi forlasis la landon, ĉar estis neprudente por oficiro de la caro resti tie. Multaj noblaj rusoj perdis ĉion. Mi, bonŝance, investis multe en usonaj akcioj, do mi neniam devos malfermi teejo en Montekarlo aŭ veturi taksion en Parizo. Nature mi daŭris ĉasi — grizursojn en viaj Rokoj, krokodilojn en la Gango, rinocerojn en Orienta Afriko. Estis en Afriko, ke la Kaba-bubalo trafis min kaj kuŝigis min dum ses monatoj. Tuj kiam mi resaniĝis, mi ekiris al la Amazonoj por ĉasi jaguarojn, ĉar mi aŭdis, ke ili estas nekutime lertaj. Ili ne estis." La kozako suspiris." Ili tute ne povas konkuri kontraŭ ĉasisto kun bona cerbo, kaj potenca fusilo. Mi amare seniluziiĝitis. Mi kuŝis en mia tendo kun ega kapdoloro unu nokto, kiam terura penso enŝoviĝis en mia menso. Ĉasado komencis ĝeni min! Kaj ĉasado, memoru, estis mia vivo. Mi aŭdis, ke en Usono komercistoj ofte diseriĝas, kiam ili rezignas el la firmaoj, kiuj estis iliaj vivoj."

"Jes, tiel estas," diris Rainsford.

La generalo ridetis. "Mi tute ne deziris diseriĝi," li diris. "Mi devas fari ion. Nun la mia estas analiza menso, s-iĉo Rainsford. Sendube tial mi ĝuas la problemojn de la ĉaso."

"Sendube, generalo Zaroff."

"Do," daŭris la generalo, "mi demandis min, kial la ĉaso ne plu interesigas min. Vi estas multe pli juna ol mi, s-iĉo Rainsford, kaj ne tiom ĉasis, sed vi eble povas diveni la respondon."

"Kio estis tio?"

"Simple ĉi tio: ĉasado ĉesis esti tio, kion oni nomas 'sporta propono.' Ĝi iĝis tro facila. Mi ĉiam akiris mian ĉasaton. Ĉiam. Ne estas pli granda tedo ol perfekteco."

La generalo ekbruligis freŝan cigaredon.

"Neniu besto plu havis ŝancon kontraŭ mi. Tio ne fanfaronas; ĝi estas matematika certaĵo. La besto havis nenion krom siajn krurojn kaj sian instinkton. La instinkto ne povas konkuri kontraŭ racio. Kiam mi pensis pri tio, ĝi estis tragika momento por mi, mi povas diri al vi."
Rainsford klinis sin trans la tablo, absorbita de tio, kion diris lia gastiganto.

"Venis al mi kiel inspiro, tion mi devas fari," daŭris la generalo.

"Kaj tio estis?"

La generalo ridetis la kvietan rideton de tiu, kiu alfrontis obstaklon kaj superis ĝin kun sukceso. "Mi devis elpensi novan beston por ĉasi," li diris.

"Nova besto? Vi ŝercas."

"Tute ne", diris la generalo. "Mi neniam ŝercis kiam temas pri ĉasado. Mi bezonis novan beston. Mi trovis unu. Do mi aĉetis ĉi tiun insulon, konstruis ĉi tiun domon, kaj jen mi faras mian ĉasadon. La insulo estas perfekta por miaj celoj — estas ĝangaloj kun labirinto de trajtoj en ili, montetoj, marĉoj — "

"Sed la besto, generalo Zaroff?"

"Ho," diris la generalo, "ĝi provizas la plej ekscitigan ĉasadon en la mondo al mi. Neniu alia ĉasado konkuras kontraŭ ĝi eĉ dum momento. Ĉiutage mi ĉasas, kaj mi neniam enuas nun, ĉar mi havas ĉasaton kiun povas egali miajn spritecojn. "

La mistifikeco de Rainsford montris en sia vizaĝo.

"Mi volis la idealan beston ĉasi," klarigis la generalo. "Do mi diris, 'Kiuj estas la atributoj de ideala ĉasato?' Kaj la respondo komprenebla estis: 'Devas havi kuraĝon, ruzecon, kaj, ĉefĉefe, ĝi devas povi rezoni."

"Sed neniu besto povas rezoni," obĵetis Rainsford.

"Mia kara uliĉo," diris la generalo, "estas unu kiu povas."

"Sed vi ne povas signifi —" spiris Rainsford.

"Kaj kial ne?"

"Mi ne povas kredi, ke vi seriozas, generalo Zaroff. Ĉi tio estas sanga ŝerco."

"Kial mi ne seriozu? Mi parolas pri ĉasado."

"Ĉasado? Diable! Generalo Zaroff, vi parolas pri murdo."

La generalo ridis kun tuta bona naturo. Li rigardis Rainsford scivoleme. "Mi rifuzas kredi ke tiel moderna kaj civilizita junuliĉo, kiel vi ŝajnas esti, kaŝas romantikajn ideojn pri la valoro de homa vivo. Kompreneble viaj spertoj en la milito ..."

"Ne igis min toleri senkompatan murdon", finis Rainsford rigide.

Rido skuis la generalon. "Kiel eksterordinare drola vi estas!" li diris. "Oni ne atendas nuntempe trovi junulon de la edukita klaso, eĉ en Usono, kun tia naiva, kaj, vi pardonos min kiam mi diras ĉi tion, mez-viktoriana mondrigardo. Similas al trovi snuf-tabakujon en limuzino. Ah, nu, sendube vi havis puritanajn prapatrojn. Ŝajnas ke multaj usonanoj

havis ilin. Mi vetos, ke vi forgesos viajn nociojn
kiam vi iros ĉasi kun mi. Vi havas vere novan ĝuaĵon
venante, s-iĉo Rainsford."

"Ne dankon, mi estas ĉasisto, ne murdisto."

"Kara mi," diris la generalo, trankvilega, "denove
tiu malagrabla vorto. Sed mi pensas, ke mi povas
demonstri, ke viaj koncernoj tute ne-necesiĝas."

"Jes?"

"La vivo estas por la fortuloj, por la fortuloj vivi, kaj,
se necesas, por la fortuloj finigi. La malfortuloj de la
mondo metiĝis ĉi tien por doni plezuron al la
fortuloj. Mi estas fortulo. Kial mi ne uzu mian
donacon? Se mi deziras ĉasi, kial mi ne ĉasu? Mi
ĉasas la aĉulojn de la tero: maristoj el vagaj ŝipoj —
hindoj, nigruloj, ĉinoj, blankuloj, mulatoj —
trezorumita ĉevalo aŭ ĉashundo valoras pli ol
dudek da ili."

"Sed ili estas homoj," diris Rainsford kolere.

"Precize," diris la generalo. "Tial mi uzas ilin. Tio
plaĉas al mi. Ili povas rezoni, almenaŭ iomete. Do ili
danĝeras."

"Sed kiel vi akiras ilin?"

La maldekstra palpebro de la generalo ŝvebis
malsupren por palpebrumo. "Ĉi tiu insulo nomiĝas

Ŝipkaptila," li respondis. "Foje kolera dio de la maro sendas ilin al mi. Foje, kiam Providenco ne tiel bonkoras, mi helpas Providencon iomete. Venu al la fenestro kun mi."
Rainsford iris al la fenestro kaj rigardis al la maro.

"Rigardu! Eksteren!" ekkriis la generalo, montrante je la nokto. La okuloj de Rainsford vidis nur nigrecon, kaj tiam, kiam la generalo premis butonon, malproksime al la maro, Rainsford ekvidis la ekbrilon de lumoj.

La generalo ridetis. "Ili indikas kanalon," li diris, "kie estas neniu; grandegaj rokoj kun akraj randoj kaŝas kiel mara monstro kun larĝe malfermitaj makzeloj. Ili povas frakasi ŝipon tiel facile, kiel mi frakasas ĉi tiun nukson." Li faligis juglandon sur la malmola ligna planko kaj malsuprenirigis sian kalkanon sur ĝin. "Ho, jes," li diris neformale, kvazaŭ respondi al demando, "mi havas elektron. Ni penas civilizitumi ĉi tie."

"Civilizitumi? Kaj vi murdas homojn?"

Ometo de kolero aperis en la nigraj okuloj de la generalo, sed ĝi estis nur dum sekundo; kaj li diris laŭ sia plej agrabla maniero, "Kara mi, kia virtplena junuliĉo vi estas! Mi certigas al vi, ke mi ne faras la aferon, kiun vi sugestas. Tio malcivilizitus. Mi traktas ĉi tiujn vizitantojn per ĉiu konsidero. Ili ricevas multon de bona manĝo kaj ekzercado. Ili pliboniĝas sian fizikan kondiĉon. Vi vidos por vi mem morgaŭ. "

"Kion vi signifas?"

"Ni vizitos mian trejnan lernejon," ridetis la generalo. "Ĝi estas en la kelo. Mi havas ĉirkaŭ dekduon da lernantoj tie. Ili devenas de la hispana boato *San Lucar*, kiu malbonŝance disbatiĝis sin je la rokoj tie. Tre malsupera aro, mi bedaŭras diri. Malbonaj specimenoj kaj pli alkutimiĝitaj al la ferdeko ol al la ĝangalo." Li levis la manon, kaj Ivan, kiu kelneristumis, alportis vizkozan turkan kafon. Rainsford, penplene, igis sin resti silentan.

"Ĝi estas ludo, vi vidas," daŭras la generalo enuiĝite. "Mi sugestas al unu el ili, ke ni iru ĉasi. Mi donas al li provizon da manĝaĵo kaj bonegan ĉasan tranĉilon. Mi donas al li tri horoj. Mi devas sekvi, armita nur per pistolo de la plej malgranda kalibro. Se mia ĉasato eluzas min dum tri tutaj tagoj, li gajnas la ludon. Se mi trovas lin " — la generalo ridetis — " li perdas.

"Ĉu li rifuzas ĉasatumi?"

"Ho," diris la generalo, kompreneble mi donas al li sian eblon. Li ne bezonas ludi tiun ludon se li ne volas. Se li ne volas ĉasi, mi transdonas lin al Ivan. Ivan iam havis la honoro servi kiel oficiala frapisto al la Granda Blanka Caro, kaj li havas siajn proprajn ideojn pri sporto. Ĉiam, s-iĉo Rainsford, ĉiam ili elektas ĉasi."

"Kaj se ili gajnos?"

La rideto sur la vizaĝo de la generalo larĝiĝis. "Ĝis nun mi ne malgajnis," li diris. Kaj li aldonis haste: "Mi ne deziras, ke vi opinias min fanfaronulo, s-iĉo Rainsford. Multaj el ili donas min nur la plej elementan problemon. Fojfoje, mi trovas ruzlertulon. Unu preskaŭ gajnis ... Mi eventuale devis uzu la hundojn. "

"La hundoj?"

"Tiudirekte, mi petas. Mi montros ilin al vi."

Generalo direktis Rainsford al fenestro. La lumoj de la fenestroj ĵetis lumigan ekbrilon, kiu faris groteskajn ŝablonojn sur la korto sube, kaj Rainsford povis vidi tien moviĝantajn dekduon da grandegajn nigrajn formojn; dum ili turnis sin al li, iliaj okuloj verde brilis.

"Aro sufiĉe bona, mi opinias de ili," rimarkis la generalo. "Ili estas ellasitaj je la sep vespere. Se iu provos eniri en mian domon — aŭ el ĝi — io ege bedaŭrinda okazus al li." Li ekis zumi kanton el la *Folies Bergere*.

"Kaj nun," diris la generalo, "mi volas montri al vi mian novan kolekton de kapoj. Ĉu vi venos kun mi bibliotekon?"

"Mi esperas," diris Rainsford, "ke vi pardonos min ĉi-vespere, generalo Zaroff. Mi vere ne sentas min bone."

"Ĉu ja?" la generalo demandis afable. "Nu, mi supozas, ke tio nur naturas, post via longa naĝo. Vi bezonas bonan, trankvilan noktan dormon. Morgaŭ vi sentos vin kiel nova viriĉo, mi vetas. Poste ni ĉasos, ĉu ne? Mi havas unu promesplena ulo — " Rainsford estis elirante el la ĉambro rapide.

"Mi bedaŭras, ke vi ne povas iri kun mi ĉi-vespere," vokis al Rainsford la generalo. "Mi atendas sufiĉe bonan sporton: granda, forta, nigrulo. Li aspektas lerta — Nu, bonan nokton, s-iĉo Rainsford; mi esperas, ke vi havos bonan nokton."

La lito bonas, kaj la noktvestoj fabrikite el la plej mola silko, kaj li lacas en ĉiu ero de si mem, sed tamen Rainsford ne povis kvietigi sian cerbon kun la opiaĵo de dormo. Li kuŝis, kun okuloj larĝe malfermitaj. Unufoje, li pensis, ke li aŭdis ŝtelecajn paŝojn en la koridoro ekster sia ĉambro. Li provis malfermi la pordon; ĝi ne malfermiĝus. Li iris al la fenestro kaj rigardis eksteren. Lia ĉambro estis alte en unu el la turoj. La lumoj de la kastelo nun ne brulis, ĝi mallumas kaj silentas; sed estis fragmento da palflava luno, kaj per ĝia ometa lumo li povis

vidi, malfacile, la korton. Tie, teksantaj en kaj el la
ŝablono de la ombroj, estis nigraj, senbruaj formoj;
la ĉashundoj aŭdis lin ĉe la fenestro kaj
suprenrigardis atendeme kun iliaj verdaj okuloj.
Rainsford reiris al la lito kaj kuŝiĝis. Per multaj
metodoj li provis dormigi sin. Li ĵus sukcesintis,
kiam ĝuste ekmatene, li aŭdis, malproksime en la
ĝangalo, la kvietan pafsonon de pistolo.

Generalo Zaroff ne aperis ĝis tagmanĝhoro. Li
vestitis senerare en la tvidoj de campa nobelulo. Li
demandemis pri la stato de la sano de Rainsford.

"Koncerne min," suspiris la generalo, "mi ne sentas
min tiel bone. Mi ĉagrenas min, s-iĉo Rainsford.
Hieraŭ vespere mi malkovris ecojn de mia malnova
plendo."

Al la pridemandanta mieno de Rainsford la
generalo diris, "*Boredom. Enueco.*"

Poste, prenante duan helpon de *crêpes Suzette*, la
generalo klarigis: "La ĉasado ne bonis hieraŭ
vespere. La ulo freneziĝis. Li faris rektan spuron, kiu
tute ne malfacilas por sekvi. Tio estas la problemo
kun ĉi tiuj maristoj; ili havas malakraj cerboj por
komenci, kaj ili ne scias movi tra la arbaro. Ili faras
ege stultajn kaj evidentajn aĵojn. Plej ĝenas. Ĉu vi
havos alian glason da *Chablis*, s-iĉo Rainsford? "

"Generalo," diris Rainsford firme, "mi volas tuj
forlasi ĉi tiun insulon."

La generalo levis siajn dikajn brovojn; li ŝajnis vundita. "Sed, karulo," la generalo protestis, "vi ĵus venis. Vi ne jam ĉasis ..."

"Mi volas iri hodiaŭ," diris Rainsford. Li vidis la mortajn nigrajn okulojn de la generalo je li, studante li. La vizaĝo de generalo Zaroff subite ekbrilis.

Li plenigis la glason de Rainsford per bonmalnova *Chablis* el polva botelo.

"Ĉi-vespere," diris la generalo, "ni ĉasos — vi kaj mi."

Rainsford kapneis. "Ne, generalo," li diris. "Mi ne ĉasos."

La generalo ŝultrolevis kaj delikate manĝis vinberon. "Kiel vi deziras, mia amiko," li diris. "La elekto tute estas via. Sed ĉu mi eble ne kuraĝas sugesti, ke vi trovos mian ideon pri sporto pli agrabla ol tiu de Ivan?"

Li kapjesis al la angulo, kie staris la gigantiĉo, kolermiena, kun la dikaj brakoj krucitaj je la egega brusto.

"Vi ne celas signifi —" kriis Rainsford.

"Karuliĉo," diris la generalo, "ĉu mi ne jam diris al vi, ke mi ĉiam seriozas tiam, kiam mi temas pri ĉasado? Ĉi tio, vere, estas inspiro. Mi trinkas al kontraŭulo inda je mi — finfine." La generalo levis sian glason, sed Rainsford restis fikse rigardante lin.

"Vi trovos ĉi tiun ludon indan por ludi," la generalo entuziasme diris. "Via cerbo kontraŭ la mia. Via arbaroscio kontraŭ la mia. Via forto kaj daŭrpoveco kontraŭ la mia. Subĉiela ŝako! Kaj la vetaĵo valoras, ĉu ne?"

"Kaj se mi gajnos —" komencis Rainsford raŭke.

"Mi volonte agnoskos malvenkon se mi ne trovos vin ĝis la noktomezo de la tria tago," diris generalo Zaroff. "Mia boato metos vin sur la kontinento proksime al urbo." La generalo mienlegis tion, kion pensis Rainsford.

"Ho, vi fidu min," diris la kozako. "Mi donos al vi mian vorton kiel sinjoriĉo kaj sportisto. Kompreneble vi, laŭ role, devas konsenti diri nenion pri via vizito ĉi tie."

"Mi konsentas nenion de la speco," diris Rainsford.

"Ho," diris la generalo, "en tiu kazo — Sed kial diskuti tion nun? De tri tagoj ni povas diskuti ĝin je botelo da *Veuve Cliquot*, krom se —"

La generalo trinketis sian vinon.

Tiam komercemo animigis lin. "Ivan," li diris al Rainsford, "provizos vin per ĉasaj vestoj, manĝaĵoj, trancilo. Mi sugestas, ke vi portu mokasenojn; ili lasu malpli da spuro. Mi sugestas ankaŭ, ke vi evitu la grandan marĉon en la sudorienta angulo de la insulo. Ni nomas ĝin Morto-Marĉon. Tie estas suĉgrundo. Unu malsaĝa uliĉo provis ĝin. La bedaŭrindaĵo estis, ke Lazaro sekvis lin. Vi povas imagi miajn sentojn, s-iĉo Rainsford. Mi amis Lazaron; li estis la plej bona ĉasanto en mia hundaro. Nu, mi devas peti, ke vi ekskuzu min nun, mi ĉiam dormetas post la tagmanĝo. Mankas al vi tempo por dormi, mi timas. Vi volas komenci sen dubo. Mi ne sekvos ĝis la krepusko. La ĉasado vespere estas multe pli ekscita ol tage, ĉu vi ne pensas? *Au revoir*, s-iĉo Rainsford, *au revoir*." Generalo Zaroff, post profunde, ĝentile klinis sin, promenis el la ĉambro.

De alia pordo venis Ivan. Sub unu brako li portis ĉasajn vestojn de kakiŝtofo, sakon da manĝaĵo, kaj ledan ingon kiu enhavis longan palan ĉasan trancilon; lia dekstra mano apogis sin sur ĉanpretigitan revolveron, kiu estis en la karmezina zono ĉirkaŭ lia talio.

Rainsford batalis sian vojon tra la arbusto dum du horoj. "Mi devu kuraĝi. Mi devu kuraĝi," li diris tra kunpremitaj dentoj.

Li ne estintis tute de klarmenso, kiam la kastelaj pordegoj fermiĝis malantaŭ li. Lia tuta ideo komence estis por forkuri for de generalo Zaroff; kaj tiucele li enplonĝintis en la ĝangalo, antaŭenpuŝita per la akraj iloj de io kiu tre similis al malekvilibrego. Nun li ektenis sin, haltis kaj ekkontrolis pri si kaj pri la situacio. Li vidis, ke rekta foriro ne utilas; neeviteble ĝi alportus lin vizaĝ-al-vizaĝe kun la maro. Li estis en bildo kun kadro de akvo, kaj liaj operacioj, klare, devas plenumiĝi en tiu kadro.

"Mi donos al li spuron por sekvi," murmuris Rainsford, kaj li eliris el la kruda pado, kiun li sekvintis en la senvoja sovaĝejo tiu estis la ĝangalo. Li faris serion da komplikaj lopoj; li revenis al sia mem spuro denove kaj denove, rememorinte la tutan scion de la vulpo-ĉasado kaj ĉiun ruzon de la vulpo. Tiunokte, li alvenis al dense arbarkovrita kresto. Li laciĝis, kun manoj kaj vizaĝo gratitaj per la branĉoj. Li sciis, ke estus sensence plonĝi tra la mallumo, eĉ se li havus la forton. Lia bezono de ripozo neevitebliĝis kaj li pensis, "Mi rolis la vulpon, nun mi devas roli la katon de la fablo." Granda arbo kun dika trunko kaj etenditaj branĉoj proksimas, kaj zorgema por lasi ne eĉ la plej etan spuron, li supreniris en ĝia forko kaj, etendinte laŭ unu el la larĝaj branĉoj, iom ripozis. Ripozo alportis al li novan konfidon kaj preskaŭ senton de sekureco. Eĉ tiel lerta ĉasisto kiel generalo Zaroff ne povis sekvi lin al ĉi tie, li diris al si; nur la Diablo mem povis sekvi tiujn komplikajn spurojn tra la ĝangalo post mallumo. Sed eble la generalo estis diablo...

Maltrankvilema nokto rampis malrapide kiel vundita serpento kaj dormo ne vizitis Rainsford, kvankam la silento de morta mondo kvietigis la ĝangalon. Estis jam la mateno, kun grizaĉo farbinte la ĉielon, kiam la kriado de ia ektimigita birdo centris la atenton de Rainsford en tiu direkto. Io venantis tra la arbusto, irante malrapide, zorge, laŭ la sama lopa vojo Rainsford venis. Li flatis sin malsupren sur la branĉo kaj, tra ekrano de folioj preskaŭ tiel dika kiel murtapiŝo, li rigardis. . . . Tiu, kiu alproksimiĝis, estis viriĉo.

Ĝi estis generalo Zaroff. Li antaŭeniris kun la okuloj fiksitaj en la plej ega koncentriĝo sur la tero antaŭ li. Li paŭzis, preskaŭ sub la arbo, falis sur la genuojn kaj studis la teron. La impulso de Rainsford estis elĵeti sin malsupren kiel pantero, sed li vidis, ke la dekstra mano de la generalo tenas ion metalan — malgrandan aŭtomatan pistolon.

La ĉasisto kapneis plurfoje, kvazaŭ li konsternis. Poste li rektigis sin kaj prenis el sia ujeto unu el siaj nigraj cigaredoj; ĝia incenssimila fumo ŝvebis ĝis la naztruoj de Rainsford.

Rainsford ne spiris. La okuloj de la generalo forlasintis la teron kaj veturantis centimetrojn supren laŭ la arbo. Rainsford glaciiĝis tie, ĉiu muskolo streĉita kiel risorto. Sed la akraj okuloj de la ĉasisto haltis antaŭ ol ili atingis la branĉon kie kuŝis Rainsford; rideto etendiĝis super lia bruna vizaĝo. Tre intence li blovis fuman ringon en la aeron; poste li turnis la dorson je la arbo kaj marŝis senzorge, reen laŭ la spuro, kiu li venis. La susoro de la herbaĉoj kontraŭ liaj ĉasistaj botoj pli kaj pli mallaŭtiĝis.

La tenita aero eksplodis varme de la pulmoj de Rainsford. Lia unua penso igis lin naŭza kaj sensenta. La generalo povis sekvi spurojn tra la arbaro vespere; li povis sekvi ekstreme malfacilan spurojn; li devas havi nenaturajn povojn; la kozako ne malsukcesis vidi lian ĉasaton per simpla hazardo.

La dua penso de Rainsford eĉ pli teruras. Ĝi ĵetis malvarman hororon tra lia tuta korpo. Kial la generalo ridetis? Kial li returnis sin?

Rainsford ne volis kredi tion, kion lia racio klarigis, sed la vero estis tiel evidenta, kiel la suno, kiu nun ŝovis tra la matenajn nebulojn. La generalo ludantis kun li! La generalo savis lin por sporto de alia tago! La kozako estis la kato; li estis la muso. Tiam estis, ke Rainsford komprenis la plenan signifon de teruro.

"Mi ne frakasiĝu. Ne."

Li glitis malsupren de la arbo, kaj reĵetis sin en la arbaron. Lia vizaĝo fiksiĝis kaj li perfortis funkcii la

maŝinaron de sia menso. Tricent jardojn de lia
kaŝejo li haltis, kie grandega morta arbo apogis sin
nestabile sur malpli granda, vivanta arbo. Ĵetante
sian sakon da manĝaĵo malsupren, Rainsford prenis
sian tranĉilon de sia ingo kaj komencis labori kun
sia tuta energio.

Finfine la laboro finiĝis, kaj li ĵetis sin malantaŭ
falinta arbotrunko cent futojn for. Li ne devis longe
atendi. La kato denove venis por ludi per la muso.

Sekvante la spuron kun la certeco de ĉashundo
venis generalo Zaroff. Nenio eskapis tiujn
serĉantajn nigrajn okulojn, neniu disbatita ero de
herbo, neniu fleksita brancheto, neniu marko, kiom
ajn malprofunda en la musko. Tiel fervora estis la
kozako en lia spurserĉado, ke li alvenis al la aĵo,
kion Rainsford faris, malposte ol li vidis ĝin. Lia
piedo tuŝis la protrudan brancon, kiu ellasilas. Eĉ
dum li tuŝis ĝin, la generalo eksentis sian danĝeron
kaj reiris kun la lertmoveca de simio. Sed li ne
sufiĉe rapidas; la mortinta arbo, delikate ĝustigita
por apogi sin sur la tranĉita vivinta arbo, falis kaj
batis la generalon sur la ŝultron kiam ĝi falis; se ne
pro lia atentemo, li frakasitus sub ĝi. Li ŝanceliĝis,
sed li ne falis; nek li permesas fali sian revolveron.
Li staris tie, frotante sian vunditan ŝultron, kaj
Rainsford, timo rekaptante lian koron, aŭdis la
mokan ridon de la generalo tra la ĝangalo.

"Rainsford," vokis la generalo, "se vi povas aŭdi mia
voĉo, kiel mi supozas, ke vi povas, permesu min por

gratuli vin. Ne multaj viriĉoj scias fari malajan homkaptilon. Bonŝance por mi, mi ankaŭ ĉasis en Malako. Mi foriras por pansi mian vundon; ĝi nur etas. Sed mi revenos. Mi revenos."

Kiam la generalo, kaj sia kontuzita ŝultro, foririntis, Rainsford ree ekfuĝis. Ĝi estis fuĝirado nun, senespera, senespera fuĝirado, kiu daŭrigis lin dum kelkaj horoj. Venis krepusko, mallumo sekvas, kaj ankoraŭ li iris. La tero moliĝis sub liaj mokasenoj; la vegetaĵaro iĝis pli kaj pli aĉa, densa; insektoj mordis lin sovaĝe.

Tiam, kiam li paŝis antaŭen, lia piedo profundiĝis en la fangon. Li provis eltiri ĝin, sed la fango suĉis forte al lia piedo kvazaŭ giganta hirudo. Kun ega peno li eltiris la piedojn. Li sciis, kie li nun estas. Morto-Marĉo kaj ĝia suĉgrundo.

Liaj manoj fermitis forte, kvazaŭ lia kuraĝo estus io palpebla, ke iu en la mallumo penantis eltiri el lia kroĉo. La moleco de la tero donis al li ideon. Li malantaŭe paŝis de la suĉgrundo aproksime dekduo da futoj, kaj, simila al iu grandega prahistoria kastoro, li komencis fosi.
Rainsford enfosintis sin en Francio, kie prokrasti dum sekundo estis morti. Tio estis trankvila distraĵo kompare kontraŭ lia fosado nun. La fosaĵo pli profundiĝis; kiam ĝi estis super liaj ŝultroj, li elrampis kaj de iuj malmolaj arbidoj li trançis palisojn kaj akrigis ilin ĝis akraj pintoj. Tiujn palisojn

li plantis en la fundo de la fosaĵo kun la pintoj supre. Kun rapidmovaj fingroj li teksis krudan tapiŝon de herbaĉoj kaj branĉoj kaj per ĝi li kovris la buŝon de la fosaĵo. Poste, malsekigita per ŝvito kaj pulsante per doloro, li kaŭras malantaŭ la stumpo de fulmobruligita arbo.

Li sciis, ke lia postkuranto venas; li aŭdis la sonon de piedoj sur la mola tero kaj la nokta venteto alportis al li la aromo de la cigaredo de la generalo. Al Rainsford ŝajnis, ke la generalo venas kun nekutima rapideco; li ne sentis sian vojon laŭ piedo. Rainsford, kaŭrante tien, ne povis vidi la generalon, nek povis vidi la fosaĵon. Li vivis jaron dum minuton. Tiam li deziris krii laŭte de ĝojo, ĉar li aŭdis la akran kraketon de rompantaj branĉoj dum la fosaĵkovrilo cedis; li aŭdis la akran kriegon de doloro dum la pintaj palisoj trovis sian celon. Li saltis el sia kaŝejo. Poste li denove kaŭris. Tri futoj de la fosaĵo, viriĉo staris, kun poŝlampo en la mano. "Vi faris bone, Rainsford," vokis la generalo. "Via birma tigra fosaĵo prenis unu el miaj plej bonaj hundoj. Denove vi poentas. Mi pensas, sinjoro Rainsford, mi vidos kion vi povas fari kontraŭ mia tuta hundaro. Mi revenos hejmen nun. Dankon pro plej amuza vespero."

Ĉe la tagiĝo Rainsford, kuŝanta apud la marĉo, estis vekita de sono, kiu sciigis lin, ke li havas novaj aĵoj por lerni pri timo. Estis malproksima sono, kvieta kaj ŝanceliĝa, sed li sciis ĝin. Ĝi estis la bojado de ĉashundaro.

Rainsford sciis, ke li povis fari unu el du aferoj. Li povis resti, kie li estis kaj atendi. Tio memmortigus. Li povis fuĝi. Tio prokrastis la neeviteblon. Dum momento li staris tie, pensante. Ideo, kiu promesis etetan ŝancon, alvenis al li kaj, streĉinte lian zonon, li ekiris for de la marĉo.

La bojado de la ĉashundoj pli kaj pli proksimiĝis, tiam pli kaj pli proksima, ĉiam pli proksima. Sur kresto Rainsford grimpis arbon. Malsupre laŭ malseka akvovojo, ne kvaronmejlo for, li povis vidi la arbustojn moviĝantajn. Streĉante la okulojn, li vidis la sveltan formon de generalo Zaroff; ĝuste antaŭ li Rainsford perceptis alian figuron, kies larĝaj ŝultroj ŝvelis super la ĝangalaj herbaĉoj; ĝi estis la giganta Ivan, kaj li ŝajnis tirita antaŭen per iu nevidita potenco; Rainsford sciis, ke Ivan tenatis la hundaron per rimeno.

Ili alvenontis al li ĉiumomente. Lia menso laboris freneze. Li pensis pri indiĝena ruzo, kiun li lernis en Ugando. Li glitis malsupren je la arbo. Li ekkaptis risortan junan arbido kaj al ĝi li fiksis sian tranĉilon, kun la klingo frontigita al la spuro; per iom da sovaĝa vito li fiksis retre la arbidon. Poste li kuris por sia vivo. La ĉashundoj plilaŭtigis siajn voĉojn kiam ili flaris la freŝan odoron. Rainsford sciis nun kiel sentas besto ĉasata.

Li devis ĉesi por enspiri. La bojado de la ĉashundoj ĉesis subite, kaj ankaŭ la koro de Rainsford ĉesis bati. Ili devis atinginti la tranĉilon.

Li gambumis ekscitite supren laŭ arbo kaj retrorigardis. Liaj postkurantoj ĉesis. Sed la espero, kiu estis en la cerbo de Rainsford, kiam li grimpis, mortis, ĉar li vidis en la malprofunda valo, ke generalo Zaroff ankoraŭ estis sur liaj piedoj. Sed Ivan ne. La tranĉilo, movita de la retropotenco de la risortumanta arbo, ne maltrafintis komplete.

Rainsford apenaŭ falis sur la teron kiam la hundaro denove ekbojadis.

"Kor', Kor', Kor'!" li spiris al si mem, dum li kuregis. Blua spaco montriĝis inter la arboj antaŭaj. Ĉiam pli proksime venis la ĉashundoj. Rainsford perfortis sin rekte al tiu interspaco. Li atingis ĝin. Ĝi estis la bordo de la maro. Trans golfeto li povis vidi la malhelan grizan ŝtonon de la kastelo. Dudek futoj sub li la maro muĝis kaj siblis. Rainsford hezitis. Li aŭdis la ĉashundojn. Tiam li elsaltegis maren. . . .

Kiam la generalo kaj lia hundaro atingis la lokon apud la maro, la kozako haltis. Dum kelkaj minutoj li staris rigardade la bluverdan vastaĵon de akvo. Li ŝultrolevis. Poste li sidiĝis, trinketis brandon el arĝenta ujo, ekbruligis cigaredon kaj zumis eron el *Madam Butterfly*.

Generalo Zaroff bonege manĝis en sia granda panelita manĝejo tiu vespero. Kun la manĝaĵo li drinkis botelon da *Pol Roger* kaj duonon da botelo da *Chambertin*. Du malgravaĵoj ĝenas lin for de perfekta ĝuo. Unu estis, ke estus malfacile anstataŭigi Ivanon; la alia estis, ke lia ĉasato eskapis lin; Kompreneble la usonano ne ludis la ludon — tiel pensis la generalo dum li gustumis sian postmanĝan likvoron. En lia biblioteko li legis, por trankviligi sin, el la verkoj de Marko Aŭrelio. Je la dudekdu horo li supreniris al sia dormoĉambro. Li bongustege lacas, li diris al si, dum li enŝlosis sin. Jen malgranda lunlumo, do, antaŭ ol ŝalti sian lumon, li iris al la fenestro kaj rigardis malsupren al la korto. Li povis vidi la grandajn ĉashundojn, kaj ilin li vokis, "Pli bonan ŝancon alian fojon." Poste li ŝaltis la lumon.

Viriĉo, kiu sin kaŝintis en la kurtenoj de la lito, staris tie.

"Rainsford!" kriegis la generalo. "Kiel Diable vi atingis ĉi tien?"

"Mi naĝis," diris Rainsford. "Mi trovis ĝin pli rapida ol iri tra la ĝangalo."

La generalo suĉis en la spiro kaj ridetis. "Mi gratulas vin," li diris. "Vi gajnis la ludon."

Rainsford ne ridetis. "Ankoraŭ mi estas besto ĉasata," li diris mallaŭte, per raŭka voĉo. "Pretigu vin, generalo Zaroff."

La generalo klinis sin profundprofunde. "Mi komprenas," li diris. "Bonege! Unu el ni provizos noktmanĝo por la ĉashundoj. La alia dormos en ĉi tiu tre bona lito. Gardu vin, Rainsford." . . .

Li neniam dormis en pli bona lito, Rainsford decidis.

The Most Dangerous Game

by Richard Connell

"OFF THERE to the right— somewhere — is a large island," said Whitney." It's rather a mystery — "

"What island is it?" Rainsford asked.

"The old charts call it `Ship-Trap Island'," Whitney replied." A suggestive name, isn't it? Sailors have a curious dread of the place. I don't know why. Some superstition — "

"Can't see it," remarked Rainsford, trying to peer through the dank tropical night that was palpable as it pressed its thick warm blackness in upon the yacht.

"You've good eyes," said Whitney, with a laugh, "and I've seen you pick off a moose moving in the brown fall bush at four hundred yards, but even you can't see four miles or so through a moonless Caribbean night."

"Nor four yards," admitted Rainsford. "Ugh! It's like moist black velvet."

"It will be light enough in Rio," promised Whitney. "We should make it in a few days. I hope the jaguar guns have come from Purdey's. We should have some good hunting up the Amazon. Great sport, hunting."

"The best sport in the world," agreed Rainsford.

"For the hunter," amended Whitney. "Not for the jaguar."

"Don't talk rot, Whitney," said Rainsford. "You're a big-game hunter, not a philosopher. Who cares how a jaguar feels?"

"Perhaps the jaguar does," observed Whitney.

"Bah! They've no understanding."

"Even so, I rather think they understand one thing — fear. The fear of pain and the fear of death."

"Nonsense," laughed Rainsford. "This hot weather is making you soft, Whitney. Be a realist. The world is made up of two classes — the hunters and the huntees. Luckily, you and I are hunters. Do you think we've passed that island yet?"

"I can't tell in the dark. I hope so."

"Why? " asked Rainsford.

"The place has a reputation — a bad one."

"Cannibals?" suggested Rainsford.

"Hardly. Even cannibals wouldn't live in such a God-forsaken place. But it's gotten into sailor lore, somehow. Didn't you notice that the crew's nerves seemed a bit jumpy today?"

"They were a bit strange, now you mention it. Even Captain Nielsen — "

"Yes, even that tough-minded old Swede, who'd go up to the devil himself and ask him for a light. Those fishy blue eyes held a look I never saw there before. All I could get out of him was `This place has an evil name among seafaring men, sir.' Then he said to me, very gravely, `Don't you feel anything?' — as if the air about us was actually poisonous. Now, you mustn't laugh when I tell you this — I did feel something like a sudden chill.

"There was no breeze. The sea was as flat as a plate-glass window. We were drawing near the island then. What I felt was a — a mental chill; a sort of sudden dread."

"Pure imagination," said Rainsford.

"One superstitious sailor can taint the whole ship's company with his fear."

"Maybe. But sometimes I think sailors have an extra sense that tells them when they are in danger. Sometimes I think evil is a tangible thing — with wave lengths, just as sound and light have. An evil place can, so to speak, broadcast vibrations of evil. Anyhow, I'm glad we're getting out of this zone. Well, I think I'll turn in now, Rainsford."

"I'm not sleepy," said Rainsford. "I'm going to smoke another pipe up on the afterdeck."

"Good night, then, Rainsford. See you at breakfast."

"Right. Good night, Whitney."

There was no sound in the night as Rainsford sat there but the muffled throb of the engine that drove the yacht swiftly through the darkness, and the swish and ripple of the wash of the propeller.

Rainsford, reclining in a steamer chair, indolently puffed on his favorite brier. The sensuous drowsiness of the night was on him." It's so dark," he thought, "that I could sleep without closing my eyes; the night would be my eyelids — "

An abrupt sound startled him. Off to the right he heard it, and his ears, expert in such matters, could not be mistaken. Again he heard the sound, and again. Somewhere, off in the blackness, someone had fired a gun three times.

Rainsford sprang up and moved quickly to the rail, mystified. He strained his eyes in the direction from which the reports had come, but it was like trying to see through a blanket. He leaped upon the rail and balanced himself there, to get greater elevation; his pipe, striking a rope, was knocked from his mouth. He lunged for it; a short, hoarse cry came from his lips as he realized he had reached too far and had lost his balance. The cry was pinched off short as the blood-warm waters of the Caribbean Sea closed over his head.

He struggled up to the surface and tried to cry out, but the wash from the speeding yacht slapped him in the face and the salt water in his open mouth made him gag and strangle. Desperately he struck out with strong strokes after the receding lights of the yacht, but he stopped before he had swum fifty feet. A certain coolheadedness had come to him; it was not the first time he had been in a tight place. There was a chance that his cries could be heard by someone aboard the yacht, but that chance was slender and grew more slender as the yacht raced on. He wrestled himself out of his clothes and shouted with all his power. The lights of the yacht became faint and ever-vanishing fireflies; then they were blotted out entirely by the night.

Rainsford remembered the shots. They had come from the right, and doggedly he swam in that direction, swimming with slow, deliberate strokes, conserving his strength. For a seemingly endless time he fought the sea. He began to count his strokes; he could do possibly a hundred more and then —

Rainsford heard a sound. It came out of the darkness, a high screaming sound, the sound of an animal in an extremity of anguish and terror.

He did not recognize the animal that made the sound; he did not try to; with fresh vitality he swam toward the sound. He heard it again; then it was cut short by another noise, crisp, staccato.

"Pistol shot," muttered Rainsford, swimming on.

Ten minutes of determined effort brought another sound to his ears — the most welcome he had ever heard — the muttering and growling of the sea breaking on a rocky shore. He was almost on the rocks before he saw them; on a night less calm he would have been shattered against them. With his remaining strength he dragged himself from the swirling waters. Jagged crags appeared to jut up into the opaqueness; he forced himself upward, hand over hand. Gasping, his hands raw, he reached a flat place at the top. Dense jungle came down to the very edge of the cliffs. What perils that tangle of trees and underbrush might hold for him did not concern Rainsford just then. All he knew was that he was safe from his enemy, the sea, and that utter weariness was on him. He flung himself down at the jungle edge and tumbled headlong into the deepest sleep of his life.

When he opened his eyes he knew from the position of the sun that it was late in the afternoon. Sleep had given him new vigor; a sharp hunger was picking at him. He looked about him, almost cheerfully.

"Where there are pistol shots, there are men. Where there are men, there is food," he thought. But what kind of men, he wondered, in so forbidding a place? An unbroken front of snarled and ragged jungle fringed the shore.

He saw no sign of a trail through the closely knit web of weeds and trees; it was easier to go along the shore, and Rainsford floundered along by the water. Not far from where he landed, he stopped.

Some wounded thing — by the evidence, a large animal — had thrashed about in the underbrush; the jungle weeds were crushed down and the moss was lacerated; one patch of weeds was stained crimson. A small, glittering object not far away caught Rainsford's eye and he picked it up. It was an empty cartridge.

"A twenty-two," he remarked. "That's odd. It must have been a fairly large animal too. The hunter had his nerve with him to tackle it with a light gun. It's clear that the brute put up a fight. I suppose the first three shots I heard was when the hunter flushed his quarry and wounded it. The last shot was when he trailed it here and finished it."

He examined the ground closely and found what he had hoped to find — the print of hunting boots. They pointed along the cliff in the direction he had been going. Eagerly he hurried along, now slipping on a rotten log or a loose stone, but making headway; night was beginning to settle down on the island.

Bleak darkness was blacking out the sea and jungle when Rainsford sighted the lights. He came upon them as he turned a crook in the coast line; and his first thought was that he had come upon a village, for there were many lights. But as he forged along he saw to his great astonishment that all the lights were in one enormous building — a lofty structure with pointed towers plunging upward into the gloom. His eyes made out the shadowy outlines of a palatial chateau; it was set on a high bluff, and on three sides of it cliffs dived down to where the sea licked greedy lips in the shadows.

"Mirage," thought Rainsford. But it was no mirage, he found, when he opened the tall spiked iron gate. The stone steps were real enough; the massive door with a leering gargoyle for a knocker was real enough; yet above it all hung an air of unreality.

He lifted the knocker, and it creaked up stiffly, as if it had never before been used. He let it fall, and it startled him with its booming loudness. He thought he heard steps within; the door remained closed. Again Rainsford lifted the heavy knocker, and let it fall. The door opened then — opened as suddenly as if it were on a spring — and Rainsford stood blinking in the river of glaring gold light that poured out. The first thing Rainsford's eyes discerned was the largest man Rainsford had ever seen — a gigantic creature, solidly made and black bearded to the waist. In his hand the man held a long-barreled revolver, and he was pointing it straight at Rainsford's heart.

Out of the snarl of beard two small eyes regarded Rainsford.

"Don't be alarmed," said Rainsford, with a smile which he hoped was disarming. "I'm no robber. I fell off a yacht. My name is Sanger Rainsford of New York City."

The menacing look in the eyes did not change. The revolver pointing as rigidly as if the giant were a statue. He gave no sign that he understood Rainsford's words, or that he had even heard them. He was dressed in uniform — a black uniform trimmed with gray astrakhan.

"I'm Sanger Rainsford of New York," Rainsford began again. "I fell off a yacht. I am hungry."

The man's only answer was to raise with his thumb the hammer of his revolver. Then Rainsford saw the man's free hand go to his forehead in a military salute, and he saw him click his heels together and stand at attention. Another man was coming down the broad marble steps, an erect, slender man in evening clothes. He advanced to Rainsford and held out his hand.

In a cultivated voice marked by a slight accent that gave it added precision and deliberateness, he said, "It is a very great pleasure and honor to welcome Mr. Sanger Rainsford, the celebrated hunter, to my home."

Automatically Rainsford shook the man's hand.

"I've read your book about hunting snow leopards in Tibet, you see," explained the man. "I am General Zaroff."

Rainsford's first impression was that the man was singularly handsome; his second was that there was an original, almost bizarre quality about the general's face. He was a tall man past middle age, for his hair was a vivid white; but his thick eyebrows and pointed military mustache were as black as the night from which Rainsford had come. His eyes, too, were black and very bright. He had high cheekbones, a sharpcut nose, a spare, dark face — the face of a man used to giving orders, the face of an aristocrat. Turning to the giant in uniform, the general made a sign. The giant put away his pistol, saluted, withdrew.

"Ivan is an incredibly strong fellow," remarked the general, "but he has the misfortune to be deaf and dumb. A simple fellow, but, I'm afraid, like all his race, a bit of a savage."

"Is he Russian?"

"He is a Cossack," said the general, and his smile showed red lips and pointed teeth. "So am I."

"Come," he said, "we shouldn't be chatting here. We can talk later. Now you want clothes, food, rest. You shall have them. This is a most-restful spot."

Ivan had reappeared, and the general spoke to him with lips that moved but gave forth no sound.

"Follow Ivan, if you please, Mr. Rainsford," said the general. "I was about to have my dinner when you came. I'll wait for you. You'll find that my clothes will fit you, I think."

It was to a huge, beam-ceilinged bedroom with a canopied bed big enough for six men that Rainsford followed the silent giant. Ivan laid out an evening suit, and Rainsford, as he put it on, noticed that it came from a London tailor who ordinarily cut and sewed for none below the rank of duke.

The dining room to which Ivan conducted him was in many ways remarkable. There was a medieval magnificence about it; it suggested a baronial hall of feudal times with its oaken panels, its high ceiling, its vast refectory tables where twoscore men could sit down to eat. About the hall were mounted heads of many animals — lions, tigers, elephants, moose, bears; larger or more perfect specimens Rainsford had never seen. At the great table the general was sitting, alone.

"You'll have a cocktail, Mr. Rainsford," he suggested. The cocktail was surpassingly good; and, Rainsford noted, the table appointments were of the finest — the linen, the crystal, the silver, the china.

They were eating borsch, the rich, red soup with whipped cream so dear to Russian palates. Half apologetically General Zaroff said, "We do our best to preserve the amenities of civilization here. Please forgive any lapses. We are well off the beaten track, you know. Do you think the champagne has suffered from its long ocean trip?"

"Not in the least," declared Rainsford. He was finding the general a most thoughtful and affable host, a true cosmopolite. But there was one small trait of.the general's that made Rainsford uncomfortable. Whenever he looked up from his plate he found the general studying him, appraising him narrowly.

"Perhaps," said General Zaroff, "you were surprised that I recognized your name. You see, I read all books on hunting published in English, French, and Russian. I have but one passion in my life, Mr. Rainsford, and it is the hunt."

"You have some wonderful heads here," said Rainsford as he ate a particularly well-cooked filet mignon. " That Cape buffalo is the largest I ever saw."

"Oh, that fellow. Yes, he was a monster."

"Did he charge you?"

"Hurled me against a tree," said the general. "Fractured my skull. But I got the brute."

"I've always thought," said Rains{ord, "that the Cape buffalo is the most dangerous of all big game."

For a moment the general did not reply; he was smiling his curious red-lipped smile. Then he said slowly, "No. You are wrong, sir. The Cape buffalo is not the most dangerous big game." He sipped his wine. "Here in my preserve on this island," he said in the same slow tone, "I hunt more dangerous game."

Rainsford expressed his surprise. "Is there big game on this island?"

The general nodded. "The biggest."

"Really?"

"Oh, it isn't here naturally, of course. I have to stock the island."

"What have you imported, general?" Rainsford asked. "Tigers?"

The general smiled. "No," he said. "Hunting tigers ceased to interest me some years ago. I exhausted their possibilities, you see. No thrill left in tigers, no real danger. I live for danger, Mr. Rainsford."

The general took from his pocket a gold cigarette case and offered his guest a long black cigarette with a silver tip; it was perfumed and gave off a smell like incense.

"We will have some capital hunting, you and I," said the general. "I shall be most glad to have your society."

"But what game — " began Rainsford.

"I'll tell you," said the general. "You will be amused, I know. I think I may say, in all modesty, that I have done a rare thing. I have invented a new sensation. May I pour you another glass of port?"

"Thank you, general."

The general filled both glasses, and said, "God makes some men poets. Some He makes kings, some beggars. Me He made a hunter. My hand was made for the trigger, my father said. He was a very rich man with a quarter of a million acres in the Crimea, and he was an ardent sportsman. When I was only five years old he gave me a little gun, specially made in Moscow for me, to shoot sparrows with. When I shot some of his prize turkeys with it, he did not punish me; he complimented me on my marksmanship. I killed my first bear in the Caucasus when I was ten. My whole life has been one prolonged hunt. I went into the army — it was expected of noblemen's sons — and for a time commanded a division of Cossack cavalry, but my real interest was always the hunt. I have hunted every kind of game in every land. It would be impossible for me to tell you how many animals I have killed."

The general puffed at his cigarette.

"After the debacle in Russia I left the country, for it was imprudent for an officer of the Czar to stay there. Many noble Russians lost everything. I, luckily, had invested heavily in American securities, so I shall never have to open a tearoom in Monte Carlo or drive a taxi in Paris. Naturally, I continued to hunt — grizzlies in your Rockies, crocodiles in the Ganges, rhinoceroses in East Africa. It was in Africa that the Cape buffalo hit me and laid me up for six months. As soon as I recovered I started for the Amazon to hunt jaguars, for I had heard they were unusually cunning. They weren't." The Cossack sighed. "They were no match at all for a hunter with his wits about him, and a high-powered rifle. I was bitterly disappointed. I was lying in my tent with a splitting headache one night when a terrible thought pushed its way into my mind. Hunting was beginning to bore me! And hunting, remember, had been my life. I have heard that in America businessmen often go to pieces when they give up the business that has been their life."

"Yes, that's so," said Rainsford.

The general smiled. "I had no wish to go to pieces," he said. "I must do something. Now, mine is an analytical mind, Mr. Rainsford. Doubtless that is why I enjoy the problems of the chase."

"No doubt, General Zaroff."

"So," continued the general, "I asked myself why the hunt no longer fascinated me. You are much younger than I am, Mr. Rainsford, and have not hunted as much, but you perhaps can guess the answer."

"What was it?"

"Simply this: hunting had ceased to be what you call `a sporting proposition.' It had become too easy. I always got my quarry. Always. There is no greater bore than perfection."

The general lit a fresh cigarette.

"No animal had a chance with me any more. That is no boast; it is a mathematical certainty. The animal had nothing but his legs and his instinct. Instinct is no match for reason. When I thought of this it was a tragic moment for me, I can tell you."

Rainsford leaned across the table, absorbed in what his host was saying.

"It came to me as an inspiration what I must do," the general went on.

"And that was?"

The general smiled the quiet smile of one who has faced an obstacle and surmounted it with success. "I had to invent a new animal to hunt," he said.

"A new animal? You're joking."

"Not at all," said the general. "I never joke about hunting. I needed a new animal. I found one. So I bought this island built this house, and here I do my hunting. The island is perfect for my purposes — there are jungles with a maze of traits in them, hills, swamps — "

"But the animal, General Zaroff?"

"Oh," said the general, "it supplies me with the most exciting hunting in the world. No other hunting compares with it for an instant. Every day I hunt, and I never grow bored now, for I have a quarry with which I can match my wits."

Rainsford's bewilderment showed in his face.

"I wanted the ideal animal to hunt," explained the general. "So I said, `What are the attributes of an ideal quarry?' And the answer was, of course, `It must have courage, cunning, and, above all, it must be able to reason.'"

"But no animal can reason," objected Rainsford.

"My dear fellow," said the general, "there is one that can."

"But you can't mean — " gasped Rainsford.

"And why not?"

"I can't believe you are serious, General Zaroff. This is a grisly joke."

"Why should I not be serious? I am speaking of hunting."

"Hunting? Great Guns, General Zaroff, what you speak of is murder."

The general laughed with entire good nature. He regarded Rainsford quizzically. "I refuse to believe that so modern and civilized a young man as you seem to be harbors romantic ideas about the value of human life. Surely your experiences in the war — "

"Did not make me condone cold-blooded murder," finished Rainsford stiffly.

Laughter shook the general. "How extraordinarily droll you are!" he said. "One does not expect nowadays to find a young man of the educated class, even in America, with such a naive, and, if I may say so, mid-Victorian point of view. It's like finding a snuffbox in a limousine. Ah, well, doubtless you had Puritan ancestors. So many Americans appear to have had. I'll wager you'll forget your notions when you go hunting with me. You've a genuine new thrill in store for you, Mr. Rainsford."

"Thank you, I'm a hunter, not a murderer."

"Dear me," said the general, quite unruffled, "again that unpleasant word. But I think I can show you that your scruples are quite ill founded."

"Yes?"

"Life is for the strong, to be lived by the strong, and, if needs be, taken by the strong. The weak of the world were put here to give the strong pleasure. I am strong. Why should I not use my gift? If I wish to hunt, why should I not? I hunt the scum of the earth: sailors from tramp ships — lassars, blacks, Chinese, whites, mongrels — a thoroughbred horse or hound is worth more than a score of them."

"But they are men," said Rainsford hotly.

"Precisely," said the general. "That is why I use them. It gives me pleasure. They can reason, after a fashion. So they are dangerous."

"But where do you get them?"

The general's left eyelid fluttered down in a wink. "This island is called Ship Trap," he answered. "Sometimes an angry god of the high seas sends them to me. Sometimes, when Providence is not so kind, I help Providence a bit. Come to the window with me."

Rainsford went to the window and looked out toward the sea.

"Watch! Out there!" exclaimed the general, pointing into the night. Rainsford's eyes saw only blackness, and then, as the general pressed a button, far out to sea Rainsford saw the flash of lights.

The general chuckled. "They indicate a channel," he said, "where there's none; giant rocks with razor edges crouch like a sea monster with wide-open jaws. They can crush a ship as easily as I crush this nut." He dropped a walnut on the hardwood floor and brought his heel grinding down on it. "Oh, yes," he said, casually, as if in answer to a question, "I have electricity. We try to be civilized here."

"Civilized? And you shoot down men?"

A trace of anger was in the general's black eyes, but it was there for but a second; and he said, in his most pleasant manner, "Dear me, what a righteous young man you are! I assure you I do not do the thing you suggest. That would be barbarous. I treat these visitors with every consideration. They get plenty of good food and exercise. They get into splendid physical condition. You shall see for yourself tomorrow."

"What do you mean?"

"We'll visit my training school," smiled the general. "It's in the cellar. I have about a dozen pupils down there now. They're from the Spanish bark San Lucar that had the bad luck to go on the rocks out there. A very inferior lot, I regret to say. Poor specimens and more accustomed to the deck than to the jungle." He raised his hand, and Ivan, who served as waiter, brought thick Turkish coffee. Rainsford, with an effort, held his tongue in check.

"It's a game, you see," pursued the general blandly. "I suggest to one of them that we go hunting. I give him a supply of food and an excellent hunting knife. I give him three hours' start. I am to follow, armed only with a pistol of the smallest caliber and range. If my quarry eludes me for three whole days, he wins the game. If I find him " — the general smiled — " he loses."

"Suppose he refuses to be hunted?"

"Oh," said the general, "I give him his option, of course. He need not play that game if he doesn't wish to. If he does not wish to hunt, I turn him over to Ivan. Ivan once had the honor of serving as official knouter to the Great White Czar, and he has his own ideas of sport. Invariably, Mr. Rainsford, invariably they choose the hunt."

"And if they win?"

The smile on the general's face widened. "To date I have not lost," he said. Then he added, hastily: "I don't wish you to think me a braggart, Mr. Rainsford. Many of them afford only the most elementary sort of problem. Occasionally I strike a tartar. One almost did win. I eventually had to use the dogs."

"The dogs?"

"This way, please. I'll show you."

The general steered Rainsford to a window. The lights from the windows sent a flickering illumination that made grotesque patterns on the courtyard below, and Rainsford could see moving about there a dozen or so huge black shapes; as they turned toward him, their eyes glittered greenly.

"A rather good lot, I think," observed the general. "They are let out at seven every night. If anyone should try to get into my house — or out of it — something extremely regrettable would occur to him." He hummed a snatch of song from the Folies Bergere.

"And now," said the general, "I want to show you my new collection of heads. Will you come with me to the library?"

"I hope," said Rainsford, "that you will excuse me tonight, General Zaroff. I'm really not feeling well."

"Ah, indeed?" the general inquired solicitously. "Well, I suppose that's only natural, after your long swim. You need a good, restful night's sleep. Tomorrow you'll feel like a new man, I'll wager. Then we'll hunt, eh? I've one rather promising prospect — " Rainsford was hurrying from the room.

"Sorry you can't go with me tonight," called the general. "I expect rather fair sport — a big, strong, black. He looks resourceful — Well, good night, Mr. Rainsford; I hope you have a good night's rest."

The bed was good, and the pajamas of the softest silk, and he was tired in every fiber of his being, but nevertheless Rainsford could not quiet his brain with the opiate of sleep. He lay, eyes wide open. Once he thought he heard stealthy steps in the corridor outside his room. He sought to throw open the door; it would not open. He went to the window and looked out. His room was high up in one of the towers. The lights of the chateau were out now, and it was dark and silent; but there was a fragment of sallow moon, and by its wan light he could see, dimly, the courtyard. There, weaving in and out in the pattern of shadow, were black, noiseless forms; the hounds heard him at the window and looked up, expectantly, with their green eyes. Rainsford went back to the bed and lay down. By many methods he tried to put himself to sleep. He had achieved a doze when, just as morning began to come, he heard, far off in the jungle, the faint report of a pistol.

General Zaroff did not appear until luncheon. He was dressed faultlessly in the tweeds of a country squire. He was solicitous about the state of Rainsford's health.

"As for me," sighed the general, "I do not feel so well. I am worried, Mr. Rainsford. Last night I detected traces of my old complaint."

To Rainsford's questioning glance the general said, "Ennui. Boredom."

Then, taking a second helping of crêpes Suzette, the general explained: "The hunting was not good last night. The fellow lost his head. He made a straight trail that offered no problems at all. That's the trouble with these sailors; they have dull brains to begin with, and they do not know how to get about in the woods. They do excessively stupid and obvious things. It's most annoying. Will you have another glass of Chablis, Mr. Rainsford?"

"General," said Rainsford firmly, "I wish to leave this island at once."

The general raised his thickets of eyebrows; he seemed hurt. "But, my dear fellow," the general protested, "you've only just come. You've had no hunting — "

"I wish to go today," said Rainsford. He saw the dead black eyes of the general on him, studying him. General Zaroff's face suddenly brightened.

He filled Rainsford's glass with venerable Chablis from a dusty bottle.

"Tonight," said the general, "we will hunt — you and I."

Rainsford shook his head. "No, general," he said. "I will not hunt."

The general shrugged his shoulders and delicately ate a hothouse grape. "As you wish, my friend," he said. "The choice rests entirely with you. But may I not venture to suggest that you will find my idea of sport more diverting than Ivan's?"

He nodded toward the corner to where the giant stood, scowling, his thick arms crossed on his hogshead of chest.

"You don't mean — " cried Rainsford.

"My dear fellow," said the general, "have I not told you I always mean what I say about hunting? This is really an inspiration. I drink to a foeman worthy of my steel — at last." The general raised his glass, but Rainsford sat staring at him.

"You'll find this game worth playing," the general said enthusiastically." Your brain against mine. Your woodcraft against mine. Your strength and stamina against mine. Outdoor chess! And the stake is not without value, eh?"

"And if I win — " began Rainsford huskily.

"I'll cheerfully acknowledge myself defeated if I do not find you by midnight of the third day," said General Zaroff. "My sloop will place you on the mainland near a town." The general read what Rainsford was thinking.

"Oh, you can trust me," said the Cossack. "I will give you my word as a gentleman and a sportsman. Of course you, in turn, must agree to say nothing of your visit here."

"I'll agree to nothing of the kind," said Rainsford.

"Oh," said the general, "in that case — But why discuss that now? Three days hence we can discuss it over a bottle of Veuve Cliquot, unless — "

The general sipped his wine.

Then a businesslike air animated him. "Ivan," he said to Rainsford, "will supply you with hunting clothes, food, a knife. I suggest you wear moccasins; they leave a poorer trail. I suggest, too, that you avoid the big swamp in the southeast corner of the island. We call it Death Swamp. There's quicksand there. One foolish fellow tried it. The deplorable part of it was that Lazarus followed him. You can imagine my feelings, Mr. Rainsford. I loved Lazarus; he was the finest hound in my pack. Well, I must beg you to excuse me now. I always take a siesta after lunch. You'll hardly have time for a nap, I fear. You'll want to start, no doubt. I shall not follow till dusk. Hunting at night is so much more exciting than by day, don't you think? Au revoir, Mr. Rainsford, au revoir." General Zaroff, with a deep, courtly bow, strolled from the room.

From another door came Ivan. Under one arm he carried khaki hunting clothes, a haversack of food, a leather sheath containing a long-bladed hunting knife; his right hand rested on a cocked revolver thrust in the crimson sash about his waist.

Rainsford had fought his way through the bush for two hours. "I must keep my nerve. I must keep my nerve," he said through tight teeth.

He had not been entirely clearheaded when the chateau gates snapped shut behind him. His whole idea at first was to put distance between himself and General Zaroff; and, to this end, he had plunged along, spurred on by the sharp rowers of something very like panic. Now he had got a grip on himself, had stopped, and was taking stock of himself and the situation. He saw that straight flight was futile; inevitably it would bring him face to face with the sea. He was in a picture with a frame of water, and his operations, clearly, must take place within that frame.

"I'll give him a trail to follow," muttered Rainsford, and he struck off from the rude path he had been following into the trackless wilderness. He executed a series of intricate loops; he doubled on his trail again and again, recalling all the lore of the fox hunt, and all the dodges of the fox. Night found him leg-weary, with hands and face lashed by the branches, on a thickly wooded ridge. He knew it would be insane to blunder on through the dark, even if he had the strength. His need for rest was imperative and he thought, "I have played the fox, now I must play the cat of the fable." A big tree with a thick trunk and outspread branches was near by, and, taking care to leave not the slightest mark, he climbed up into the crotch, and, stretching out on one of the broad limbs, after a fashion, rested. Rest brought him new confidence and almost a feeling of security. Even so zealous a hunter as General Zaroff could not trace him there, he told himself; only the devil himself could follow that complicated trail through the jungle after dark. But perhaps the general was a devil —

An apprehensive night crawled slowly by like a wounded snake and sleep did not visit Rainsford, although the silence of a dead world was on the jungle. Toward morning when a dingy gray was varnishing the sky, the cry of some startled bird focused Rainsford's attention in that direction. Something was coming through the bush, coming slowly, carefully, coming by the same winding way Rainsford had come. He flattened himself down on the limb and, through a screen of leaves almost as thick as tapestry, he watched.... That which was approaching was a man.

It was General Zaroff. He made his way along with his eyes fixed in utmost concentration on the ground before him. He paused, almost beneath the tree, dropped to his knees and studied the ground. Rainsford's impulse was to hurl himself down like a panther, but he saw that the general's right hand held something metallic — a small automatic pistol.

The hunter shook his head several times, as if he were puzzled. Then he straightened up and took from his case one of his black cigarettes; its pungent incenselike smoke floated up to Rainsford's nostrils.

Rainsford held his breath. The general's eyes had left the ground and were traveling inch by inch up the tree. Rainsford froze there, every muscle tensed for a spring. But the sharp eyes of the hunter stopped before they reached the limb where Rainsford lay; a smile spread over his brown face. Very deliberately he blew a smoke ring into the air; then he turned his back on the tree and walked carelessly away, back along the trail he had come. The swish of the underbrush against his hunting boots grew fainter and fainter.

The pent-up air burst hotly from Rainsford's lungs. His first thought made him feel sick and numb. The general could follow a trail through the woods at night; he could follow an extremely difficult trail; he must have uncanny powers; only by the merest chance had the Cossack failed to see his quarry.

Rainsford's second thought was even more terrible. It sent a shudder of cold horror through his whole being. Why had the general smiled? Why had he turned back?

Rainsford did not want to believe what his reason told him was true, but the truth was as evident as the sun that had by now pushed through the morning mists. The general was playing with him! The general was saving him for another day's sport! The Cossack was the cat; he was the mouse. Then it was that Rainsford knew the full meaning of terror.

"I will not lose my nerve. I will not."

He slid down from the tree, and struck off again into the woods. His face was set and he forced the machinery of his mind to function. Three hundred yards from his hiding place he stopped where a huge dead tree leaned precariously on a smaller, living one. Throwing off his sack of food, Rainsford took his knife from its sheath and began to work with all his energy.

The job was finished at last, and he threw himself down behind a fallen log a hundred feet away. He did not have to wait long. The cat was coming again to play with the mouse.

Following the trail with the sureness of a bloodhound came General Zaroff. Nothing escaped those searching black eyes, no crushed blade of grass, no bent twig, no mark, no matter how faint, in the moss. So intent was the Cossack on his stalking that he was upon the thing Rainsford had made before he saw it. His foot touched the protruding bough that was the trigger. Even as he touched it, the general sensed his danger and leaped back with the agility of an ape. But he was not quite quick enough; the dead tree, delicately adjusted to rest on the cut living one, crashed down and struck the general a glancing blow on the shoulder as it fell; but for his alertness, he must have been smashed beneath it. He staggered, but he did not fall; nor did he drop his revolver. He stood there, rubbing his injured shoulder, and Rainsford, with fear again gripping his heart, heard the general's mocking laugh ring through the jungle.

"Rainsford," called the general, "if you are within sound of my voice, as I suppose you are, let me congratulate you. Not many men know how to make a Malay mancatcher. Luckily for me I, too, have hunted in Malacca. You are proving interesting, Mr. Rainsford. I am going now to have my wound dressed; it's only a slight one. But I shall be back. I shall be back."

When the general, nursing his bruised shoulder, had gone, Rainsford took up his flight again. It was flight now, a desperate, hopeless flight, that carried him on for some hours. Dusk came, then darkness, and still he pressed on. The ground grew softer under his moccasins; the vegetation grew ranker, denser; insects bit him savagely.

Then, as he stepped forward, his foot sank into the ooze. He tried to wrench it back, but the muck sucked viciously at his foot as if it were a giant leech. With a violent effort, he tore his feet loose. He knew where he was now. Death Swamp and its quicksand.

His hands were tight closed as if his nerve were something tangible that someone in the darkness was trying to tear from his grip. The softness of the earth had given him an idea. He stepped back from the quicksand a dozen feet or so and, like some huge prehistoric beaver, he began to dig.

Rainsford had dug himself in in France when a second's delay meant death. That had been a placid pastime compared to his digging now. The pit grew deeper; when it was above his shoulders, he climbed out and from some hard saplings cut stakes and sharpened them to a fine point. These stakes he planted in the bottom of the pit with the points sticking up. With flying fingers he wove a rough carpet of weeds and branches and with it he covered the mouth of the pit. Then, wet with sweat and aching with tiredness, he crouched behind the stump of a lightning-charred tree.

He knew his pursuer was coming; he heard the padding sound of feet on the soft earth, and the night breeze brought him the perfume of the general's cigarette. It seemed to Rainsford that the general was coming with unusual swiftness; he was not feeling his way along, foot by foot. Rainsford, crouching there, could not see the general, nor could he see the pit. He lived a year in a minute. Then he felt an impulse to cry aloud with joy, for he heard the sharp crackle of the breaking branches as the cover of the pit gave way; he heard the sharp scream of pain as the pointed stakes found their mark. He leaped up from his place of concealment. Then he cowered back. Three feet from the pit a man was standing, with an electric torch in his hand.

"You've done well, Rainsford," the voice of the general called. "Your Burmese tiger pit has claimed one of my best dogs. Again you score. I think, Mr. Rainsford, I'll see what you can do against my whole pack. I'm going home for a rest now. Thank you for a most amusing evening."

At daybreak Rainsford, lying near the swamp, was awakened by a sound that made him know that he had new things to learn about fear. It was a distant sound, faint and wavering, but he knew it. It was the baying of a pack of hounds.

Rainsford knew he could do one of two things. He could stay where he was and wait. That was suicide. He could flee. That was postponing the inevitable. For a moment he stood there, thinking. An idea that held a wild chance came to him, and, tightening his belt, he headed away from the swamp.

The baying of the hounds drew nearer, then still nearer, nearer, ever nearer. On a ridge Rainsford climbed a tree. Down a watercourse, not a quarter of a mile away, he could see the bush moving. Straining his eyes, he saw the lean figure of General Zaroff; just ahead of him Rainsford made out another figure whose wide shoulders surged through the tall jungle weeds; it was the giant Ivan, and he seemed pulled forward by some unseen force; Rainsford knew that Ivan must be holding the pack in leash.

They would be on him any minute now. His mind worked frantically. He thought of a native trick he had learned in Uganda. He slid down the tree. He caught hold of a springy young sapling and to it he fastened his hunting knife, with the blade pointing down the trail; with a bit of wild grapevine he tied back the sapling. Then he ran for his life. The hounds raised their voices as they hit the fresh scent. Rainsford knew now how an animal at bay feels.

He had to stop to get his breath. The baying of the hounds stopped abruptly, and Rainsford's heart stopped too. They must have reached the knife.

He shinned excitedly up a tree and looked back. His pursuers had stopped. But the hope that was in Rainsford's brain when he climbed died, for he saw in the shallow valley that General Zaroff was still on his feet. But Ivan was not. The knife, driven by the recoil of the springing tree, had not wholly failed.

Rainsford had hardly tumbled to the ground when the pack took up the cry again.

"Nerve, nerve, nerve!" he panted, as he dashed along. A blue gap showed between the trees dead ahead. Ever nearer drew the hounds. Rainsford forced himself on toward that gap. He reached it. It was the shore of the sea. Across a cove he could see the gloomy gray stone of the chateau. Twenty feet below him the sea rumbled and hissed. Rainsford hesitated. He heard the hounds. Then he leaped far out into the sea....

When the general and his pack reached the place by the sea, the Cossack stopped. For some minutes he stood regarding the blue-green expanse of water. He shrugged his shoulders. Then be sat down, took a drink of brandy from a silver flask, lit a cigarette, and hummed a bit from Madame Butterfly.

General Zaroff had an exceedingly good dinner in his great paneled dining hall that evening. With it he had a bottle of Pol Roger and half a bottle of Chambertin. Two slight annoyances kept him from perfect enjoyment. One was the thought that it would be difficult to replace Ivan; the other was that his quarry had escaped him; of course, the American hadn't played the game — so thought the general as he tasted his after-dinner liqueur. In his library he read, to soothe himself, from the works of Marcus Aurelius. At ten he went up to his bedroom. He was deliciously tired, he said to himself, as he locked himself in. There was a little moonlight, so, before turning on his light, he went to the window and looked down at the courtyard. He could see the great hounds, and he called,

"Better luck another time," to them. Then he switched on the light.

A man, who had been hiding in the curtains of the bed, was standing there.

"Rainsford!" screamed the general. "How in God's name did you get here?"

"Swam," said Rainsford. "I found it quicker than walking through the jungle."

The general sucked in his breath and smiled. "I congratulate you," he said. "You have won the game."

Rainsford did not smile. "I am still a beast at bay," he said, in a low, hoarse voice. "Get ready, General Zaroff."

The general made one of his deepest bows. "I see," he said. "Splendid! One of us is to furnish a repast for the hounds. The other will sleep in this very excellent bed. On guard, Rainsford."...

He had never slept in a better bed, Rainsford decided.

Made in the USA
Coppell, TX
31 August 2023

21046468R00049